U0078644

小里的建築夢——河狸的水壩工程學

文　　圖　劉小屁
責任編輯　鄭筠潔
美術編輯　黃顯喬

發 行 人　劉振強
出 版 者　三民書局股份有限公司
地　　址　臺北市復興北路 386 號 (復北門市)
　　　　　臺北市重慶南路一段 61 號 (重南門市)
電　　話　(02)25006600
網　　址　三民網路書店 https://www.sanmin.com.tw

出版日期　初版一刷 2019 年 7 月
　　　　　初版二刷 2022 年 1 月
書籍編號　S317641
I S B N　978-957-14-6660-6

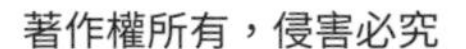

小里的建築夢

河狸的水壩工程學

劉小屁／文圖

三民書局

經過一個長長的冬天，

河狸小里長大了一點點，

爸爸大里開始教導小里如何找材料、蓋房子。

大里是河狸村中最厲害的建築師，

他帶領大家蓋了一個個堅固又美麗的水壩。

湍急的河流變成了又深、又平靜的水面，
河狸們也在湖邊蓋起他們舒服的小屋。

小里最喜歡爸爸了！

「我以後要像爸爸一樣，當個厲害的建築師。」

朋友們邀小里去找蘋果，

小里沿路研究哪一種樹最適合蓋房子；

課堂上，大家隨便蓋了模型交功課，
小里則是細心的畫了好多設計圖、
查了好多書，
蓋出了最棒的房子模型。

小里小心翼翼保養自己的牙齒，
每天練習啃粗一點、硬一點的樹，
計算什麼方向才能最快把樹幹拖到水邊；

仔細的分類樹幹和樹枝，

在河邊蓋起一間間小房子當作練習，

就算被尾巴弄倒了也不灰心。

為了讓水壩可以用得更久更久，

大里帶著大河狸們進行年度維修，

小河狸們也被交付了各自的任務。

水壩維護工程

小屋維修清單

小里利用平時練習和學來的知識，
仔細的把小屋收拾得安全又舒適。

其他小河狸們只覺得小里笨笨的：

「為什麼要花那麼多時間去修補小屋呢？

水邊找些小樹枝把小屋的洞補一補就好了呀！」

水壩工程學

大雨落下，河水暴漲。

小里用心一點一點維護的屋子堅固極了！

可是上游卻有小河狸的小屋被沖垮了。

小里和媽媽急忙把大家接進家裡安置，

還準備了乾爽的毛巾和好吃的食物。

「原來小里花這麼多時間修補小屋是有道理的。」小河狸們這才明白。

爸爸的水壩通過考驗，
平安度過了這次的大水。

小里修補的小屋也安然無恙，
還變成了暫時避難所！

小里教朋友們怎麼重建小屋，

一起努力修復了家園。

爸爸開心的摸摸小里的頭：

「你的房子蓋得真好！

已經是很棒的小小建築師了！

再長大一點點，就跟爸爸一起去蓋水壩吧！」

知識補給站

河狸的水壩工程學

曹先紹

▲海獺

許多人或許覺得海獺、水獺及河狸不好分辨，牠們都是水域裡的游泳高手，但只要注意到河狸四顆凸出的門牙和扁平槳狀的大尾巴，就不難理解河狸是跟水豚、美洲巨水鼠一樣的大型嚙齒目動物，而擁有較明顯犬齒及粗圓尾巴的海獺及水獺，則是食肉目動物。

▲水獺

河狸主要分布在北美及歐亞大陸溫帶地區的淡水溪流或湖泊中，牠們的家族關係密切，爸爸媽媽和三年內出生的小孩們，都可能會生活在一起，共同尋找建材、修築大壩 (Dam) 及小屋 (Lodge)、儲存食物、警戒、甚至育幼，孩子們在成長的過程中，則逐漸學習到各項求生技能。

河狸堪稱高效率的建築師，會以鋒利的門牙咬斷樹木枝幹，並搭配草、石塊、泥巴等材料來構築水壩，主要是為了防範天敵，在冰天雪地時還能夠提供保暖與方便取得儲存食物的功能。由於河狸壩會讓局部的水體深度增加、水流速度變緩，形成許多小型水域生物（像是鮭魚及鱒魚幼魚）的避難所，伴隨河狸壩衍生的濕地，更成為眾多鳥類、蛙類、無脊椎動物的棲息環境，因此說河狸扮演著溫帶地區淡水生態系基石物種 (Keystone Species) 的角色，似乎一點也不為過。

本書透過擬人化的風格，描述小河狸如何以認真態度，學會構築河狸壩的能力，隱約呼應了河狸家族「從做中學」的行為特質。

◀河狸

圖片來源：Shutterstock

作者簡介

劉小屁

本名劉靜玟，臺北市立師範學院畢業。
離開學校後一直在創作的路上做著各式各樣有趣的事。
接插畫案子、寫報紙專欄，作品散見於報章與出版社。
在各大百貨公司與工作室教著手作和兒童美術。
2010 第一本手作書《可愛無敵襪娃日記》出版。
2014 出版了自己的 ZINE《Juggling from A to Z》。
2018 與三民書局合作出版小小鸚鵡螺書系。
開過幾次個展，持續不斷的在創作上努力，兩大一小加一貓的日子過得幸福充實。

給讀者的話

《小里的建築夢》是一本結合了科普知識和品格教育的繪本。
故事中的主人翁河狸「小里」，從小的夢想就是像爸爸一樣當一個偉大的建築師。
小里做足了準備，不斷練習，一點一點朝著夢想前進。
最後終於得到爸爸的肯定，要成為建築師了。
河狸真的是非常有趣又神祕的小動物，牠們為了打造一個最棒的家園，
可以持續不斷的花好多好多時間和力氣，啃著硬梆梆的樹木，
慢慢的把材料搬到水邊，仔仔細細的構築一個最厲害的水壩，
這樣努力不懈的精神真的很讓人佩服。
相信每個小朋友的心裡都有一個屬於自己的夢想，
無論你的夢想是什麼，開始行動吧！
找到目標，就算每天只前進一點點也沒有關係，
總有一天你會發現夢想好近好近。
祝福你美夢成真

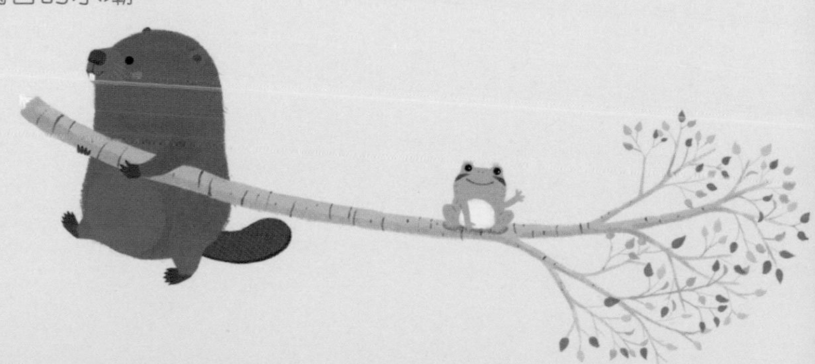